魂魄風

網谷厚子

思潮社

魂魄風　網谷厚子

思潮社

目次

カバー装画＝福地靖　扉写真＝髙田有大
装幀＝思潮社装幀室

魂魄風

魂魄《まぶい》風《かじ》

幾百もの獣の遠吠えのような　幾筋もの雨が叩きつけるような　激しく押し寄せるものがある　暗い空を雷鳴を伴って　何重にも紫に染め上げる　海底に花びらのようにひらひら落ちていった　甲冑をまとった肉体　船から零れた　舵　帆柱　樽　地図　巻物　文人の髷がほどけて踊る　年月を忘れ　学んできたものが　敦煌の彼方まで行って　写してきたものが　ただ魚類たちの胃袋で消

化されていく　どこかに辿り着けるとは限らない　島し
か通わない　島から島の　宇宙のように深い底が　永遠
の眠りの床になるかもしれない　鉛色の巨大な船体で
火玉となって微細に砕けた　若者の意志の欠片　四方八
方に流れて散った　鉄の部屋で　息絶えるものたちの
唇が動く　故郷へ帰りたい　行って参ります　と言った
からには　戻って参りました　とお母様に　まだ　船艦
の中で戦い続けているものたちの　血走った眼が　そこ
ここで　青く輝く　ブンブンと唸りながら　空を切って
まっさかさまに落ちていった　異国の黒い機体　珊瑚が
生い茂り　赤や黄色　真っ青な魚たちが群がる　町ごと
大きな波にさらわれ　深い海底へと引きずり込まれた
人々の　上げたかった叫び　流したかった涙が　とめど
なく吹き寄せる　時間は　見えるところだけを　鮮やか

に塗り替えていく　時間がどれだけ経とうと　消え去る
ことはない　変わることはない　無数のものたちの思い
が縒り合わせられて　新たな生き物になる　無残に散っ
ていったこと　負けたこと　異国の脅威に　晒され続け
る人々　癒されることのない魂魄が　まだ生きている
ここにいる　と　海原から陸へと渡り　日本列島を　桜
前線のように　駆け上っていく

ただ紺碧

狭い船倉に　漕ぎ手の声が重く　読経のように木霊している　流れる汗の饐えた臭い　一つの塊となって　生きるも死ぬも　老いも若きも　真っ暗な片隅に鑑真和上が足を組んで座っている　長い道のり　日本へと　何を悲しむことがあるだろう　ただ進むだけの海路　やっと船出して　降りかかるものは　すべて受け止めて　荒れてこそ　海　大伴古麻呂が　尖った意志そのものとなって

かくまってくれた　吉備真備も乗り込む第三船　新しい始まりの予感　長かった　長すぎた年月を　大切な弟子が一人　二人と　息をひきとっていった　声の限り名を泣き叫んだ日々　船出してしまえば　御仏の大きな手のひらに乗せられたように　漕ぎ手の声はすでに読経そのものとなって　鑑真和上の声に和している　和しているのは　鑑真和上の方かもしれない　風に吹かれ　波に弄ばれ　阿児奈波の　白い砂が見えてきた　辿り着いてみれば　藤原清河　阿倍仲麻呂の第一船　弟子の普照の第二船も流れ着いている　一緒に日本へと手を取り合い幾たびも別れの涙を流し　こうしてまた出会える喜びまだ天平の都は遠く　阿児奈波を揃って立った　彼の地に吹き戻され　彼の地で命絶えた阿倍仲麻呂　本当はその第一船に乗るはずだった　幾度絡め取られても　また

東を目指しただろう　鑑真和上の運命が　ほんの一吹きの風で変わったかもしれない　人が生きることの可愛らしさ　何かにすがり　赤子のように泣き叫んでも　どうにもならない　ならないことはわかっているのに一心に祈る　舳先に　金色に輝く人が現れ　衣を靡かせて　あちら　と腕を広げる　南風が吹き始め海を滑っていく　どこに辿り着くか　初めから　わかってはいない　人がただ　そう望むだけで　力の限り　漕ぎ手が漕いでも　そんな風に人は生きているのかもしれない　糧尽きて　薬草の根を囓り　降り注ぐ雨を桶に貯めて　喉を潤す　恐ろしい南海で　龍に喰われてしまったとしても　誰が悲しんでくれるだろう　獣に身を投げて息絶えるのも　長らえるのも　選べないものならば　漕ぎ手の声に打たれながら　身体の奥底から湧き起こる　希望という炎を

絶やさぬように　目蓋を閉じて祈る　弟子となって　身を自分に投げかけた　弱々しい人々の手を　遠くから差しのばす人々の手を　しっかり握りながら　病が消え飢えることのないように　輝く朝日が　遍く人々を照らすように　組んだ両足から　紺碧の海に溶け込んでいく

＊「阿児奈波」は、遣唐使船（帰船）の海路の一つ、南島路にあり、現在の「沖縄」と言われている。

白い翼

獰猛な唸り声を上げ　雨風が　大地を嘗め尽くし　木々の葉を　夜も　朝も　昼も打ち叩く　そんな風に　君の薄い胸郭を　悲しみが　かなしみが　かなしみが　かなしみが打ち叩く　何時間も　何日も　何ヶ月も　もしかしたら　何年も　君は　さとうきび畑の間を　じぐざぐに駆け抜け　泥だらけの島草履を脱ぎ捨て　真っ白い砂に　一直線にくっきりと足跡を刻みつける　薄いコバル

トグリーンから紺碧へと　海が広がっている　君の見る
夢　夢はまだ　悲しみに濡れていない　砂が　君の足跡
を確かに刻むように　君は瞼を閉じ描く　いつか　コッ
クピットに座り　大空を飛び回る　おじいもおばあも
ファーストクラスの皮のシートに深々と腰掛け　ぼんや
り　巨大なスクリーンを見つめている　これはおじいと
おばあでなくてはならない　雨風に洗われ　空から降り
注ぐ　堅い鉄の塊に打たれた　激しい轟音が　耳を襲い
続け　逃げ惑い　息絶えた　土まみれの　尊いたましい
たち　君は柔らかく唇を開け　挨拶をする　問題なく順
調に飛行中です　時折気流の激しいところを通過するた
め　飛行機が揺れることが予想されますが　飛行には支
障はございません　やがて　朝陽が右前方の海上から昇
るのがご覧いただけるでしょう　平和まで　あと少しで

はございますが　ごゆっくりおくつろぎください　君は
唇を閉じ瞼を開ける　まだ　何も始まっていない　何も
終わっていない　ずんと痛くなるような　じんじんする
ような熱い思いが　身体の中心から湧き上がる　君の胸
郭から　かなしみが背中へとすり抜け　肩を小さく蹴っ
てから　真っ青な空へと飛び立っていく　両目から温か
い涙が流れる　強い風《かじ》が　海面を震わせ　南から吹き寄
せる　君の夏が　また　始まる

風が吹き抜けるところ

風が吹き抜ける　フクギ並木をまっすぐ通り抜け　御嶽《うたき》の岩陰を丸く回り　葉が生い茂る森の獣道を　落ち葉を舞い上げながら　くねくねと　遠浅のコバルトブルーの海から　とめどなく吹き寄せ　ヒヨドリの声を運ぶ　海に向かって佇む　白い家型の墓所をすり抜け　赤瓦を渡り　空を見上げるシーサーをなで上げ　デイゴの赤い花を揺らす　道端の　赤や黄のハイビスカスが　驚いたよ

うに頷く　バナナの葉がバサバサ音をたて　生え広がり続けるガジュマルの枝葉を　波立たせ　屋上に干した色とりどりの洗濯物が　整然と揺れる　焼き芋屋の小型トラックが　一年中売り歩くなだらかな坂道を　ただ　風が吹き抜けていく「海に行ってきた」　突然子どもたちが話しかけ　駆けていった　濡れた小さな背中に　草履が跳ね上げる砂が　煙のように立ち上がる　三線《さんしん》を練習している　童神《わらびがみ》の旋律が　大きく小さく　波のように揺れながら聞こえてくる　縁側でお茶を飲んでいる　おじぃとおばぁの　過ぎ去った歳月をかき立て　途方もなく長い道のりを　また遡っている　キジムナーが木の上で髪を揺らしながら欠伸する　太陽が真上で立ち止まる人が生きている　神も鬼も　そこにいる　温かな気配を肌に感じ　海に滑り出す　胸の鼓動が　波の揺らぎに共

鳴する　ウミガメのように　浮き沈みしながら　進んで
いく　背中を風が吹き抜ける　ニライカナイまで　青い
風になる

洞《がま》

わたしたちは　一陣の風となって　海へ下る　絶壁の草むらを撫でるように　わたしたちは　草の生い茂る村の片隅で　背中を丸めて　ひっそりと息をしている　生きていること　死んでいること　その間を　幾度となく行き来しながら　真っ暗闇の夜　大きな獣の呻き声に　身を震わせ　ひりひり突き刺す　太陽の光に　追われながら　また　闇へとひたりこむ　人は重いものを抱えてい

ても　眠りはその傷みを溶かす　赤子のように泣いて
肉親の温みを肌に蘇らせ　ことんと穴に落ちるように眠
る　いつだって　軽々と超えられる　とは限らない　抱
えきれなくなったとき　一陣の風になる　わたしたちは
深い砂浜に降り立つ　大きな竜の背中のような岩が　樹
木をびっしり生やし　苔を纏って立っている　砂に足を
とられながら　両膝をつき　ヤドカリのように両手で岩
の下の砂をかき出すと　人が一人入れる穴が開く　冷た
い大気が　容赦なく顔に吹き寄せる　深い地中から　天
へと飛び立つ　魂たちの羽ばたきのような　ざわめいて
いるのは　温まり始めた　わたしたちの肉体かもしれな
い　吹き寄せるものに　前髪を揺らしながら　深い穴に
吸い込まれていく　波に削られ　洗われた岩肌が　腸内
の襞のように　びらびら輝いている　わたしたちは　す

でに　包み込まれている　頭を垂れ両手を合わせる　ここで生きた人々　ここで死んだ人々　また　これから生きようとする人々　波の音が　ようやく耳に滑り込んでくる　朝日が　わたしたちの丸い背中を　暖めている　においがする

海輝く

地下深く眠っていた　何層もの地層が降り注ぎ　さらにその下へと追いやられ　地の揺れに弄ばれ　山が火を吹き　傷ついた肉体から　血が染み出て土に洗われ　真っ白く　細い幾何学模様の骨組みに磨かれていく　温かい土の衣にくるまれて　また生まれ出る日を夢見ていた　石ころだらけの　固い大地を　どの生き物よりも早く走り　空を飛ぶものに石を投げ打ち落とし　地を駆けるも

のを殴り倒し　長い鋼鉄のような爪を　まだ拍動してい
る臓物に深く押し込み　握りつぶす　それから滑らかな
仕草で　皮を暖かい腹から剥いでいく　肉を鋭い歯で食
いちぎる　強くなくては生きていけない　海に潜って
泳ぐもの　砂に潜むものを　素手で捕まえる　夕陽が
黒々とした背を濡らすとき　男はゆっくり獲物を担いで
帰って行く　地に掘った穴に　愛する女と子どもたち
また　もう一つの太陽が　ぎらぎらと瞳を輝かせるまで
闇の中に溶け込んでいく　気配を消して　そうして何十
年　何百年が過ぎた　ぽっかり空けられた地面　そこに
広げられた人骨　そこここで　目覚めを待っている　確
かに生きていた　わたしたちの血流の源　土を掘れば
いつだって　どこだって　出会うことができる　わたし
たちは　どこへ行くのか　粉々になって　土の成分にな

る　流れ　流れて　水底深く沈殿していく　砂の一粒に
なる　生き物の腹に収められ　あるいは木々の養分とな
り　樹幹を上っていく　確かに生きたと　数十年は記憶
されるだろう　そのあとは　だが　それがどうしたとい
うのだろう　八十億年先は　誰も住まない　この地球で
夥しい血が今日も流れ　異国の双翼機が　バタバタと爆
音をならして飛び回る

神の気配

蔦の垂れ下がる　暗い森の中を　一筋の意志のように抜
けていく　なだらかな登りを　大股で　ふいに　あなた
のほのかに濡れた額を　冷たい風が撫でる　いつも待ち
望んでいた　ほっそりした長い指でも捉えられない　ふ
わふわした幸福のかけらが　こころの真ん中に生まれて
消えた　さらにもう一度　冷たい風が　前髪を吹き上げ

あなたの強ばった頬を緩ませる　悲しみは消えなくても忘れることができる　岩が覆い被さるようにくりぬかれた下に　真っ平らな台座がある　今は何もないのに　確かに何ものかがそこにうずくまって　低く長く唱っているのが　聞こえる　祈っている気配がある　巨大な石灰岩が　互いにもたれ合い　三角形の隙間を作っているところがある　隙間を抜けると　森の木々のわずかな間から海が見える　海の向こうに久高島が浮かんでいる　太陽が輝きながら生まれ出る方角　冷たい手のひらを合わせて　目蓋を閉じ　あなたは祈る　すべての人々が　幸福でありますように　森や海の生き物たちが　その命を全うできますように　たくさんのことは　言葉にはできない　掬いきれない　海辺の砂のように　あなたは　生まれ出たばかりの　赤子のように　泣く　何ものかに救

いを求めるように　神は今でもいる　あなたが無力であ
るかぎり　冷たい風が吹き寄せる　東《あがり》から

コロニアルな

ずっと声を張り上げている　何十年も　声は真っ青な空に散らばる　先祖の墓まで辿り着けない　鉄条網の張り巡らされた向こう　見えるけれど　辿り着けない　水一杯　供えられない　鉄条網のこちらで　かさついた年老いた手のひらを合わせる　声が届かない　許されて花を供える　そんな日は　あたかも地雷を踏まぬように　そっと歩く　足の震えが止まらない　あの世とこの世を隔

てる　鉄条網が　消えることはない　他国の双翼機が
バタバタと　ささやかな一日の終わりの安寧を突き破る
タッチアンドゴーを繰り返し　爆音だけを残して　瞬く
間に姿を消す　モンスター　青い海原に　日本国が　他
国の基地を増設する日　声はすでにかすれて　喉から血
が吹き出ても　もうこれ以上は　だめなものはだめと
起床ラッパが高らかに鳴り響く　何度も鉄条網の向こう
で陽が昇る　砂浜をランニングする兵隊たちのかけ声
整然とテーブルにつき　大きな口を開けて　食物を口に
運ぶ　戦かえる健康な身体を　維持すること　彼らもま
た　守るべきものがある　やんばるの道を　ライフル抱
えて走り回る　敵がどこかから出てきはしないかと　彼
らには　鉄条網は関係なく　漂い出ることがある　サト
ウキビを刈る人々のそばを　河の観察に来る学生たちの

そばを　隊列を組んで　訓練です　訓練です　のアナウンスもなく　そうして　いつの間にか　鉄条網は消え
いつでも　わたしたちは　取り囲まれている　他国の軍隊に　守られている　というより　囚われている　人質となって　生きている　生かされている　世界の中の差別　敗者の中の差別　永遠の敗者　日本　日本の中の差別　みんな知っているのに　誰も見ようとしない　静かに　血を流し続ける　国がある

屠《ほふ》られる

真っ白いカーテンが張られたように　雨が降る　大気は冷たく　震える　半畳ほどの葉や大木の幹を　激しく洗い　少し遅れて　やわやわとバナナの葉を揺らし　生き物たちが棲む岩壁を打ち叩く　森羅万象が　うっとり目を閉じ　睡りに誘われる時間　わたしたちは　底魚となって　大きな口を開けて水に漂う　厚い雲がゆっくり動き　真っ青な空が　刳りぬかれ　太陽の痛いような光が

ばらまかれる　あらゆる緑が目覚め　深々と輝き出し生き物たちの見開かれた瞳に　また　屠られる恐怖が浮かぶ　波のように背中をうねらせ　大地を駆けるように険しい岩肌を渡っていく　深い水の底から　矢となって飛び出す　わたしたち　まだ十分に目覚めていない瞼を光が　打ち叩く　幾度も　幾度も　生きることは　目覚めること　そうして　わたしたちもまた　いつでも屠られる生き物であることを　目覚めとともに　知る　痛みは　背中から脳髄へと　まっすぐ上っていく　わたしたちが創り上げるものは　もし　そう言えるものが　あったとしても　ほんの一瞬で無くなるだろう　砂に描かれた風紋のように　大自然の　ほんの一吹きで　そのときわたしたちはまた　深く水の底に沈んで　大きな口を開けて　眠るだろう　静かに　雲が動いていくのを　その

気配を感じながら　それから　水の外に飛び出し　前よりずっと頑丈な身体を創るだろう　大地や海底に溢れる恩恵を　掘り出しながら　それが蓄積するまでの　夢のように長い時間を　一瞬のうちに使い果たし　人の心をもったアンドロイドを完成させる　決して挫けない　二度と過去を振り返らない　簡単には涙を流さない　強靭な精神の　人を超えた人が　均一に　滑らかに闊歩する街　生身の人間が　屠られる生き物となって　怯えて這いずり回り生きる　それも　一瞬　粗大な燃えない塊と異臭を発する肉体が　仲良く　夥しく湧き上がる水に押し流され　海へと運ばれていく　わたしたちが　氷の一粒となって　空間を漂うころ　凍り始めた太陽が　空に貼りついている

届かない

あの世とこの世　届かない　同じこの世でも届かない　声は届いても　届かない思い　もしそうだとしたら　そうだと断言しているのに　仮定でしか返ってこない　もしの果てしない距離　誰が渡っていくのだろう　だとしたら　の　血の通わない言葉が　冷たい身体を再び打つ　立場が違えば届かない　住む地域が違えば　届かない　あなたとわたし　かさついた手のひら　泥まみれの

手のひらを　空にかざすと　暖かい光が　身体の奥に染みこんでいく　小さなテーブルを囲み　少ないおかずを分け合い　今日も生きられる　ささやかな喜び　薄い布団を敷き　温かさを分け合って　眠りにつく父と母　子は明日が来るのを　わくわくして待っている　たくさんの銃を向けられた恐怖　それらに容赦なく打たれた　肉親　飢えと恐怖と絶望を抱えたまま　逃げのびた日々　それを忘れることもできずに　いや忘れたつもりでいないと生きられない　おじぃ　おばぁ　その同じ人々が何十年も　轟音に打たれ続け　空から降り続ける恐怖と絶望と失望に打たれ続け　それでも生きていることはだとしたら　という仮定では　くくれない　だとしたらから断定への　果てしない距離　誰でもいつでも　その残酷な殺戮者になれる　胸が疼くような期待の朝　疲れ

と満ち足りた思いに漂う一日の終わり　そのささやかな
時間までも　容赦なく奪っていく　轟音と射撃音　傲慢
な支配者は　見えない　マイホームからほど近い基地に
通い　操縦席に座り　爆撃機を遠隔操作する兵士のよう
に　痛みはさらに　さらに遠く　ゲームのボタンを押す
ように　パチンと　その手応えのなさに苛立ちながら
殺しているのは人？　生かされているだけでも　という
あざ笑いが大空に木霊している　見上げても　そこには
人はいないかもしれない　誰によって苦しめられるのか
固有名詞のない　他国の人々が　わたしたちの頭上を飛
び回り　かけがえのない時間を　平穏を　確実に浸食し
ていく

メトロポリタン・ヴァリー

君はいつものように　駅のコンコースを　同じ服装をした一群と行進でもするように整然とすり抜けていく　きれいに天に向かってまっすぐ立てた短髪の　隙間を　温かさを探せば見つかる風にさらしながら　きれいに磨かれた洗面台の鏡に　つるつるの肌の美しい男が　いつものように映っていた　時間どおりにドアを閉め　シャッターがまだ下りている商店街を五分　トウキョウにこだ

わって探し求めた市街地の小さなアパート　それも嫌い
ではない　都心まで私鉄で四〇分　大都会の駅のコンコ
ースは　空港の待合室のような匂いがする　お客様と待
ち合わせの老舗ホテル　さらに地下鉄を乗り継いで　高
速道路が交差する地上に出ると　白い雪が降っている
アスファルトには　積もった雪が溶け　さらにその上へ
と積もっている　クリームでピカピカの靴が濡れる　不
覚にも滑って　無様にこけそうになる自分を　必死で立
て直し　前へと進む　そのうち　雪が積もるばかりにな
り　かえって歩きやすくなる　長い坂を上って　ホテル
のフロントに着く　壁一面にガラス　まだ　雪景色の中
にいるような　白く重たい空から　ぼたん雪が下りてく
る　一　二　一　二　ゆっくりした拍数を刻みながら
長い旅の終わりを　ようやく迎えたように　そっと身を

横たえていく　トウキョウが　たった一日で真っ白になる　ガラスの向こうに　3Dの水墨画が広がる　君は右足を一歩前に差し出すと　そのまま風景の中に身を泳がせる　雪がアイロンのかかった　撥水加工のスーツをさらさら滑っていく　その感触を音で確かめ　頬にかかる雪の冷たさを味わう　君はまもなく忘れ物に気づくこんな日は　コートが必要だったことを　そうすればもっと高く　もっと長く飛べただろう　庭を流れる小さな川の音が　だんだん近づいてくる　君はまだ探している　地下鉄の出口のように　きっとまた飛び出せる　青空を

夏の日に

白一色の部屋の壁に　たった一つ　真四角の窓がついている　透明の分厚いアクリル板が填め込まれ　まぶしいほどの光が　降り注ぐこともある　海の底のような緑があふれ　極彩色の紅葉に変わる　目を離した隙に　ほそほそとした　ヤモリの背中のような灰色の木の枝が　風に弄ばれている　塵一つ　ウィルス一つ入り込めない管理という名の　牢獄で　極秘という　運命に　身を均

等に切り刻んでいる　君の　灰色の瞳に　夥しいブルーライトが映り　真っ赤な唇を　艶やかに見せている　その唇を　長い舌で　一嘗めして　ほっそりした指で　テーブルの上のボタンを押す　湿度計の針が上昇し　空気が一瞬生暖かくなる　窓を覗くと　一面真っ白で　何本もの糸か　天から降りて来ているとわかる　熱い地面から土の香りが漂うのを　頭頂部のボタンで喚び起こす　一夜で骸となった　無数の生き物たちを打ちたたき　青葉と　バクテリアと　混ざり合った　あのにおい　生きることと死ぬこと　その繰り返しの　じんとする　痛みまでも　呼び覚まされる　あの場所から　遠いところにやって来た　君も　いつかは　ゼロに戻るときがある　ずいぶん歩き続けて　二度と元には戻れないはずだったのに　閉ざされた内界と開かれた外界が　緻密に繋がり

合っている　ような気がする　四角い部屋全体に響く声
がする　デジタル音声の抑揚のない声が　天命を下す
ヒューマン・エラー　を　して　は　いけません　わか
りますか　デジタル音声は　女性の声で　構成されてい
る　百年経っても　恋をすることはないだろう　君は
残り少なくなっていく　脳細胞で　プログラムを完成す
る　人間しかできないこと　プログラム　実行　のボタ
ンを押すと　部屋の空気が　徐々に薄らいでいった　ヒ
ューマン・エラー　ヒューマン・エラー　平たく甲高い
間の抜けた声が　子守歌のように響いた

生まれる

百年を過ぎた樹木が　今年も蕾をつけた　初々しく　人が生き　そして去り　主を失ったことを　知らないように　接ぎ木され　新しい命をもらった　低い木々が　一つ二つ　小さな花を咲かす　どこでもいつでも生きようとする意志　そのものとなって　百歳の人が　歌を詠む船出して漁をする　病んだ人の最期を看取っている　金細工を施している　映画のメガホンを取っている　ピア

ノを人に聴かせている　終わりは　誰が決めるものだろう　豪雪の季節を抜け　寒さと温かさを繰り返し　温かい日射しに包まれ　待ち望んだ　春　がやって来る　喜びと悲しみを繰り返し　老いていく人の　春はいつやってくるのだろう　なぜ人は生きるのか　答えが見つからなくて　道に迷った少年がいた　答えは　すぐそこに朝の太陽を仰いだとき　一日を無事に過ごし　その日を思い起こすとき　人の情けに触れたとき　家族の温かさを感じたとき　美しいものに出会ったとき　明日のことをわくわくして待ち望むとき　今がどんなに辛くても夢が見られたとき　答えは完結していない　激しい不安と恐怖にさらされ続け　今日を涙が枯れ果てるほど泣き暮らし　世界にたった一人の味方もいないような絶望に苦しめられ　食べる物もなく　食べる気力もなく　ただ

死人のように　冷たい寝床に横たわる　そんな日々を
数えられないくらい過ごし　老いを迎えていくことから
逃げ出したくなったとしても　答えはまだまだ見つから
ない　先に捉えようともがいても捉えられない　百年を
過ぎた樹木の　蕾がほころぶ　やがてその年初めての花
を咲かすだろう　咲いた花は　風に吹かれ散っていく
そして　また　次々と生まれる明日がある限り　頭を垂
れて　わたしたちは生きる　春を待ち望みながら

魂守《たまも》る島

暗闇が　そこここに口を開けている　祀られている神
人々が　ざわめいている　近づくと　あちらから身を寄
せてきそうな　冷たさを背中に感じる　名も無きもので
あれば　何十何百という魂が　重なり合い　行き場もな
く彷徨っている　細い幹が幾本にも縒られ　太い幹とな
る　生え広がった小さな葉が　まわりの蔓草を絡めて
大きな生き物のように立ち塞がっている　道の両脇から

伸びたフクギの葉が　高いところで繋がり　トンネルとなっている　細い横道から下ると　波が荒々しく打ち寄せている　風に吹かれ波に流され　辿り着いたものを受け入れてきた　そうせざるを得なかった長い時間が小さな島に　ゆったり漂っている　背中を丸めて土を起こし　種を蒔く　小さな芽が土から顔を出し　やがて茎が伸び　花を咲かす　花のあとに実がなる　明日刈ろうとした実が　突然襲ってくる　大風大雨に　叩きつけられ　土まみれになる　育てるまでの歳月が　煙となって消える　そんなことは何千年も前から繰り返されたことで　また田に出て　種を蒔く　飢えることは　生きていること　降り注ぐ光を浴びて　ただ生きていくこと　子が生まれ　大きくなり　そして　孫が生まれる　それが突然の戦争で　煙のように　深く顔の皺に　悲しみを刻

ませ　黄色い声や嗄れた声の　旅人たちを　背中でやり
過ごし　島の時間を生きていく　断崖から見える波間に
黒い影が飛び跳ね　潮を吹く　また　新しい季節が訪れ
ている　祀られるものたちの　魂が飛び出さぬように
支度を整える　遙か昔　母が行い　祖母が行い　曾祖母
が行ったように　白い衣を着て　祈る　女たちの逞しく
厚い手のひらを合わせ　目を深く閉じ　言の葉が流れて
いく　低く長く　波のように

東へ

柔らかな温かい手のひらに導かれ　あなたは　豊かな胸を張り　足を踏み入れる　絹の長い裾を靡かせて　音楽が一段と大きく響く　舞《まい》の輪が　水面に小石が投げられたように丸く広がっていく　背筋をぞくぞくと通る弦楽器の絡まり　足を軽やかに引き上げるピアノの弾み　身体全体が大陸を縦横に吹き抜ける風となり　色とりどりの糸で精細に刺繍を施すように　無彩色の大気を極彩色

に彩る　高い丸天井には　夥しい天使たちが　花を手に頬を赤く染め　ふくよかな裸体を泳がせる　薄緑　薄桃色の羽衣を靡かせて　シャンデリアの幽かに揺れる光が木漏れ日のように　天使たちを輝かせる　帆船の頭飾りが　舞の海原を滑っていく　征服という果てしない夢生まれたときから　部屋の壁にかけられていた　地図のタペストリー　世界は無限に　海は　夢をさらに膨らませる　どこへでも行ける　欲しいものは何でも手に入れることができる　国土は　広がりゆく波のように　そして　見たこともない財宝が　波止場に着き　馬車で運ばれ　絨毯の上に積み上げられる　王　と呼ばれた人間しか見ることのできない光景が　手品師の指先からこぼれるように　目の前で繰り広げられる　何千何万という人々の苦痛の嗚咽の届かない　ガラスの離宮で　晩餐は

より華やかに　天使たちと同じ類の色に染め　舞は明日
へと続いていく　狩りをして射止めた獣をさばく　血は
栄光の証　狩られる小国の獲物を求めて　海原に漕ぎ出
していく　大国の夢　無数の侵略者たちが　衣擦れのか
すかな音をたて　美しく舞う　美しさは　残酷さを際立
たせる　東へと頭飾りの帆船が　一斉に舵を切る　東へ
さらに　東へ

降り積もる

長い眠りから覚め　土から這い出た生き物がすくっと伸びた一本の茎にしがみつき　殻を脱ぐ　肌色の相似形が空から落ちた水滴のように透き通っている　柔らかい羽を身からはがし　近くの木の樹皮に吸い付く　と同時に甲高い声で鳴く　激しい風に身を震わせ　雨に打たれ焼けつく日差しに身を焦がしながら　与えられた時間は

秒刻みで迫ってくる　始まりは　終わりの始まりでもある　豊かな葉が　弱まりいく日差しを浴び輝きを失い底冷えする朝夕の大気に　赤　黄　紫茶色に変わっていく　冷たい風に吹かれ　枝を離れる　そんな庭の片隅に小さな平屋があった　ささやかな糧を分け合い　命を繋いでいた　幸福は日々飲む水のように　身体を巡り　明日という日が　輝いて見えた　ぬくもりを分け合い眠った　また　新しい旅立ちをするために　人がいて　家がある　人はここから飛び立ち　あるいは年老い　病を得て息絶えた　ぬくもりを分け合う人が　一人また　一人と消えていった　庭に降り積もる小さな生き物たちの亡骸　枯れ葉　紅葉　息絶えた人たちの残滓　帰りたくても帰れない人たちの郷愁　あと五年したら実をつける木々を植えた人はもういないのに　あやまたず実をつけ

る　植物もある　人影はなく　ただ　降り積もる　降り
積もる　静かさ

ほたる火

常緑の大木が葉を茂らせ　幾本も折り重なるように立っている　伸ばせるだけ伸ばした枝が　葉の重さで　下の暗闇にしなだれ込んでいる　暗闇はさらに黒く　地球の裂け目へと続いている　わたしたちが見ることができるのは　いつもほんの一部にすぎない　ゴブラン織りのソファに深々と座り　フランス料理のフルコースを食べている　メガネをかけ　３Ｄの映画を観て　のけぞったり

笑ったりしている　他国の国債の変動を　病気の親戚を
気づかうように見ている　海の稀少資源の埋蔵量を測定
している　わたしたちの老化をおしとどめる方法を　秦
の始皇帝のように求めている　刻々と時は過ぎ　静かさ
は永遠に続くとは限らない　右肩上がりの成長は　いつ
の間にか　乱高下する　予測不能なものとなり　わたし
たちのささやかな夢を　蝕んでいる　それも想定内であ
れば　蓄積された地球のエネルギーが　地下深くから湧
き上がり　一気に溢れ出す　そのとき　地上の楼閣は
共振性震動で激しく揺れる　美しく飾り立てられた棚が
すべてを吐き出し　けたたましく開け放たれた　クロー
ゼットから　滑り出す衣類　ブランドのバックや小物
スーツケース　まっすぐ立っているもののない大都会
あちこちにぽっかり開いた　深い谷へと　次々に吸い込

まれていく地上の楼閣　わたしたち　それは想定外のこ
とであれば　すべては一瞬のことのように思われ　また
静かさを取り戻す　深い谷の下から　コンコンと水が湧
き出し　溢れ出し　やがて流れ出していく　そのとき
黒い闇の中から　ポツリポツリ　光の粒が　転げ出る
交差しながら　拡がりながら　増殖し続ける　生まれ出
るものたちの輝き　暗い空へと　寄り添い合いながら
竜のようにしなやかに　せつなげに昇っていく

夢の続き

何もない　その非在が　ただ　夏の日差しに焼かれている　感じられる限りの重さを　身体全体がずっしりと覚えている　こびりついた汚れが　なかなか落ちないように　風景を遮っていた巨大な造形物　わたしたちの認識の外で　確実に成長し続け複雑化するシステム　人々の数が減少していき　ついには　柔らかいシリコンの指で　触れられるだけで　きしむことなく動き始める　鉄

人28号のような　やさしい眼差しで　痛みなのか　快感なのかわからない　ただ肥えていくばかりの　わたしたちの欲望　願っていた　思い描いていた　震えるような未来が　いともたやすく手の中に　そして　こみ上げる悲しみ　こんなはずではなかった　ため息は萌葱色にけむって　気がつくと　血を流す人もいなくなり　しなやかに笑い　共感の襞を漂わせる　人工知能の生き物がその穴を完璧に埋めている　増殖していくシステムが永遠に動き続けるならば　人であることの必要はない信じられないくらい膨らんだ人の欲望　追究され　創作された生き物たちが　悲しみに気づくとき　人はすでに不要な存在となっているかもしれない　国の狂気のリーダーが　振る旗のように　ある日　突然現れた　巨大な鉄の塊の　たとえば　あの箱の中で起きていること　ボ

イラーの火が轟音をたてて燃えさかる　高さ数メートル幅何十メートルもある　四角い鉄の精密機械　内部で歯車が　貼り付いたように噛み合い　ベルトが生き物のように　黒く長い舌を伸ばし　夏の香りをまき散らし　植物は絞られ　煎られ　成分の違うものに　美しく分類されていく　初めから　そうなる運命を担うために　地に蒔かれ　風に吹かれ　驟雨に打たれ　養分を吸い上げまっすぐに太陽に向かって　伸びてきた　刈られてから箱に入れられるまで　ほんの少し　台風がいくつも通り過ぎ　なぎ倒され　そのわずかな収穫物を搾取して　機械に投入される　そんな風に　人が選別され　リサイクル可能なパーツが　丁寧に冷凍される　出荷されるまでのわずかな時間　わたしたちは　わたしたちによって打たれている　巨大な造形物が　大きな太陽によって一

瞬で焼かれ　あっけらかんとした空間が　贈り物のよう
に差し出されたとき　わたしたちは　涙を流すことなく
大きな声で泣くだろう　顔を歪めて　アンドロイドでな
い証に　そしてまた　地底深く海底深く　触手を伸ばし
始める

雨を待ちながら

百《もも》折れ千《ち》折れ　重い荷物を担いで　あなたは　やって来た　すでに両足はすり減って　半分くらいの長さになって　これはこれは　と差し出すわたしの手のひらに　小さな提灯を一つ載せた　手のひらの中で蛇腹がたわんで灯火が　生き物のように　ぱちぱち瞬いた　あなたは小さく頷いて　奥の暗闇に消えて行った　外よりも早く暗闇は家を浸し　わたしは　真っ暗な中で　微笑んでい

たことにようやく気づいた　すでに夜になっているから
には　火は　必要ないだろう　あなたの背中を追うと
あなたは　湯の中で　丸くなって　夢を見ていた　手が
届きそうなくらい　近くに　黄色い　丸い月が　覗き込
んでいた　月の光が　薄雲の模様を　空一面に鮮やかに
映し出していた　あなたはただ目を閉じて　あなたの夢
に　わたしも引き込まれそうで　暗闇に戻ると　かすか
に芥子の香りが　漂ってきた　あなたが歩いてきた　百《もも》
折れ千《ち》折れをわたしも歩いたことがある　いつだったか
どうしても思い出すことができない　思い出そうとする
と　息苦しくなって　胸が痛い　わたしは誰かを追って
追って　追って　追いつけずに倒れ込んだ　こんこんと
泉が湧き出るあたり　そのとき　大きな落とし物をした
かもしれない　部屋の隅に投げ出されていた　あなたの

荷物をほどくと　丸い魂《マブイ》が　たった一つ転げ出た　「お前さんの物だよ」いつの間にか湯を出たあなたが　ぶっきらぼうに言った　届けに来ただけだから　あなたは湯の温もりだけを残し暗闇に消えた　自分のものでも外に出てしまった以上　どうすることができよう　丸い魂《マブイ》を　赤子のようにあやしながら　縁側に座り　外を眺めると　黒々とした大きな山が　被さってくるように近く　どこかで　川が激しく流れている音がする　あなたが月を連れ去って行ったように　雲が厚くなり　闇が濃くなっていた　闇の中に　わたしは　浮かんでいる　ただ　天から落ちてくる　冷たい　雨を待ちながら

南風香る

波の音に身体を漂わせている　激しい風に靡き　膨らんで押し寄せる波が　汀で砕け　白い砂浜に打ちつけ　泡立つ　頬を撫でる　飛沫が　香る　遙か彼方の海の底珊瑚礁の群生を渡り　光に洗われ　何十頭ものイルカが縫うように飛び回る　大海　幾頭ものクジラが潮を吹き隊列を組んで進む　人が足を踏み入れたことのない島々の入江　その透明な緑の深みを流れ　隆起した岩々の岸

を削り　深々と水が湛えられている　静かに　流れていく水　大きな甲羅を抱え　浮き沈みして手足をばたつかせているアオウミガメ　たくさんの卵を産み落とす　浜まで　長い旅を続ける　浜では　白い涙の跡を残し　堅く目蓋を閉じたカメの死骸が　波に洗われていることがある　あと少し　あと少しで息絶えた　どれだけの旅を続けてきたのか　産卵するまで二十年　生き延びる確率は　限りなくゼロに近かっただろう　生まれたものがすべて生き続けられるとは限らない　風が前髪を巻き上げ　流れる汗を吹き飛ばしていく　自然に生きるものたちが　否応なく受け入れざるを得ない運命　ただ　あるがままに生きること　死ぬこと　しかし　どうしてこんなに悲しいのだろう　生きること　死ぬこと　見える限りの島々に　光が　まんべんなく降り注ぐ　島の緑の

木々の一本一本　一枚一枚の葉まで輝き　大海は　砂浜
のわたしの眼差しの　遙か彼方まで　続いている　大戦
で沈んだ船が　朽ちて海底に吸い取られていくまでの時
間　その頃　わたしの影はまだあるだろうか　わたしを
通り越した風が　まっすぐ岡を上り　白い百合の群生を
一斉に揺らすだろう　香りが漂う　南島で

初出一覧

「魂魄風《まぶいかじ》」　「万河・Banga」第13号（二〇一五年六月）

「ただ紺碧」　「現代詩手帖」（二〇一二年九月号）

「白い　翼」　「万河・Banga」第10号（二〇一三年一二月）

「風が吹き抜けるところ」　「万河・Banga」第11号（二〇一四年六月）

「洞《がま》」　「詩と思想」（二〇一五年九月号）

「海　輝く」　「白亜紀」第一三九号（二〇一三年四月）

「神の気配」　「うらそえ文藝」第17号（二〇一二年五月）

「コロニアルな」　「万河・Banga」第12号（二〇一四年一二月）

「屠《ほふ》られる」　「詩客」（二〇一三年六月一四日）

「届かない」　「万河・Banga」第8号（二〇一二年一二月）

「メトロポリタン・ヴァリー」　「万河・Banga」第7号（二〇一二年六月）

「夏の日に」　「うらそえ文藝」第20号（二〇一五年五月）

「生まれる」　「詩と思想」（二〇一二年八月号）

「魂《たま》守《も》る島」　「詩と思想」（二〇一四年一〇月号）

「東へ」　「万河・Banga」第9号（二〇一三年六月）

「降り積もる」　「白亜紀」第一四一号（二〇一四年四月）

「ほたる火」　「万河・Banga」第6号（二〇一一年一二月）

「夢の続き」　「白亜紀」第一四〇号（二〇一三年一〇月）

「雨を待ちながら」　「白亜紀」第一四三号（二〇一五年四月）

「南風香る」　「交野が原」第71号（二〇一一年九月）

網谷厚子（あみたに　あつこ）

一九五四年九月一二日　富山県中新川郡上市町生。

詩集に『時という枠の外側に』（国文社・一九七七年）・『洪水のきそうな朝』（思潮社・一九八七年）・『夢占博士』（思潮社・一九九〇年）・『水語り』（思潮社・一九九五年・茨城文学賞）・『万里』（思潮社・二〇〇一年・第一二回日本詩人クラブ新人賞）・『天河譚――サンクチュアリ・アイランド』（思潮社・二〇〇五年）・『新・日本現代詩文庫57　網谷厚子詩集』（土曜美術社出版販売・二〇〇八年）・『瑠璃行』（思潮社・二〇一一年・第三五回山之口貘賞）。研究書・解説書・評論集に『平安朝文学の構造と解釈――竹取・うつほ・栄花』（教育出版センター・一九九二年）・『日本語の詩学――遊び、喩、多様なかたち』（土曜美術社出版販売・一九九九年）・『鑑賞茨城の文学――短歌編』（筑波書林・二〇〇三年・日本図書館協会選定図書）・『詩的言語論――JAPANポエムの向かう道』（国文社・二〇一二年・茨城文学賞）他。

「万河・Banga」主宰。「白亜紀」同人。日本現代詩人会・日本詩人クラブ・日本ペンクラブ・日本文藝家協会会員。

魂魄風《まぶいかじ》

著者
網谷厚子

発行者
小田久郎

発行所
株式会社思潮社
〒一六二—〇八四二　東京都新宿区市谷砂土原町三—十五
電話〇三（三二六七）八一五三（営業）・八一四一（編集）
ＦＡＸ〇三（三二六七）八一四二

印刷所
三報社印刷株式会社

製本所
小高製本工業株式会社

発行日
二〇一五年十一月一日